Analyse de l'œuvre

Par Isabelle Bousquette

Les voyages de Gulliver

Jonathan Swift

lePetitLittéraire.fr

Analyse de l'œuvre

Par Isabelle Bousquette

Les voyages de Gulliver

Jonathan Swift

Rendez-vous sur lepetitlitteraire.fr et découvrez :

Plus de 1200 analyses
Claires et synthétiques
Téléchargeables en 30 secondes
À imprimer chez soi

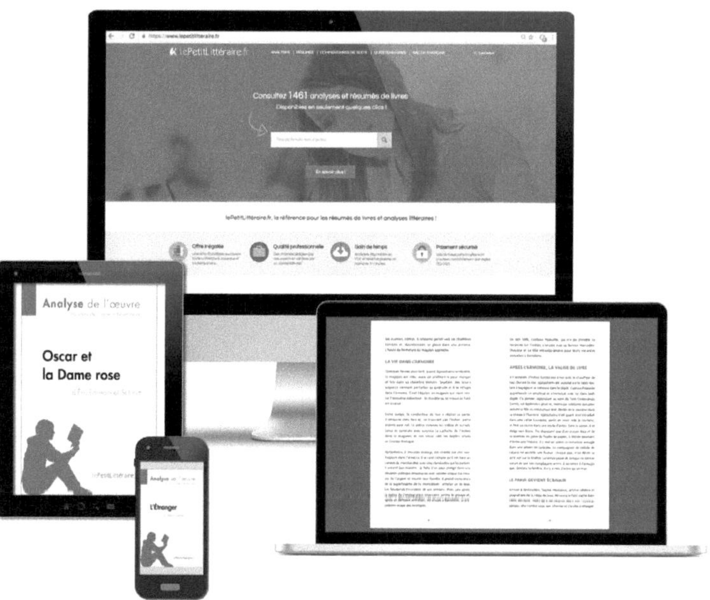

JONATHAN SWIFT

ROMANCIER ET SATIRISTE ANGLO-IRLANDAIS

- **Né à Dublin, en Irlande, en 1667.**
- **Décédé à Dublin, Irlande, en 1745.**
- **Travaux notables :**
  - *A Tale of a Tub* (1704), parodie en prose.
  - « Lettres de Drapier » (1724-25), collection de pamphlets
  - « A Modest Proposal » (1729), essai satirique

Jonathan Swift est né en 1667 à Dublin, en Irlande. Son père meurt avant sa naissance, le laissant entièrement dépendant de la générosité de ses oncles. Néanmoins, il reçoit une bonne éducation et obtient un diplôme du Trinity College de Dublin. Après que la Glorieuse Révolution (1688-1689) ait répandu le mécontentement religieux en Irlande, Swift s'installe à Moor Park, dans le Surrey, chez Sir William Temple, un parent éloigné. Il se rend de temps en temps en Irlande et est ordonné prêtre en 1695. Au cours des années 1690, Swift écrit également sa première satire en prose, *A Tale of a Tub*, qui fut publiée anonymement en 1704. Cette œuvre parodiait la corruption religieuse contemporaine.

En 1699, Swift retourne en Irlande, mais ses essais religieux et politiques lui valent une large reconnaissance en Angleterre. Il publie notamment une série de pamphlets parodiques sous le pseudonyme d'« Isaac Bickerstaff », qui sont si mordants qu'ils mettent fin à la carrière du populaire astronome John Partridge. En 1710, de retour à Londres, Swift écrit une série de lettres à son amie Esther Johnson, collectivement appelées *Journal to Stella*, qui détaillent sa réaction à la politique de l'époque. Plus tard dans l'année, il reprend officiellement le journal conservateur *The Examiner*, poste qu'il occupera jusqu'en 1711.

Cependant, après la mort de la reine Anne en 1714, les Tories ne sont plus au pouvoir, ce qui met fin à la carrière d'écrivain politique de Swift en Angleterre. Il retourne en Irlande, écrivant principalement des vers et des pamphlets sur la politique irlandaise. L'œuvre la plus célèbre de Swift, *Les Voyages de Gulliver*, est publiée en 1726. Les *Voyages de Gulliver* amènent de nombreux critiques à qualifier Swift de plus grand satiriste de tous les temps. Tout au long de sa vie, Swift a été affecté par la maladie de Ménière, qui lui causait des étourdissements et des nausées constantes ; cependant, il a gardé sa lucidité jusqu'à la fin de sa vie et a continué à écrire jusque dans les années 1730.

LES VOYAGES DE GULLIVER

UNE SATIRE SOCIALE MORDANTE

- **Genre :** satire en prose
- **Edition de référence :** Swift, J. (1992) *Les Voyages de Gulliver.* Ware, Hertfordshire : Wordsworth Editions Limited.
- **1ère édition :** 1726
- **Thèmes :** voyage, corruption, statut, apprentissage, religion, exploration, raison.

Les Voyages de Gulliver a été initialement publié anonymement sous le titre *Travels into Several Remote Nations of the World*. Il raconte à la première personne l'histoire de Lemuel Gulliver qui entreprend quatre voyages d'exploration. Au cours de chaque voyage, il est détourné de sa route et finit par découvrir des terres étranges et magiques. Il décrit les habitants de chaque pays, rendant compte de leur savoir, de leurs gouvernements et de leurs religions. Ces récits sont généralement utilisés pour se moquer des institutions équivalentes de Londres.

Le livre a été célébré pour son utilisation géniale de la satire. Cependant, il a également été critiqué pour son intense misanthropie. Les découvertes de Gulliver révèlent encore et encore la corruption et la méchanceté inhérentes à l'humanité. Néanmoins, le caractère comique de l'œuvre et son sens profond en ont fait un classique de la culture. L'attrait universel de l'histoire l'a conduit à devenir la base de nombreuses adaptations cinématographiques, télévisuelles, radiophoniques et même musicales.

█RÉSUMÉ

PARTIE I : UN VOYAGE À LILLIPUT

L'ouvrage s'ouvre sur un bref récit des débuts de la vie de Lemuel Gulliver. On nous dit qu'il est passionné par les voyages et il entreprend immédiatement le premier de ses nombreux voyages. À cause d'une tempête en mer, il fait naufrage et se retrouve sur l'île de Lilliput. Les habitants de Lilliput, les Lilliputiens, mesurent 15 cm et sont à la fois troublés et intrigués par la présence de Gulliver, qu'ils appellent « l'homme-montagne ». Les Lilliputiens ligotent Gulliver et le portent à l'Empereur.

Gulliver et l'empereur de Lilliput développent une amitié et l'empereur fournit à Gulliver tout ce dont il a besoin pour poursuivre son séjour. Ayant découvert que Lilliput est en guerre avec un pays voisin appelé Blefuscu, Gulliver capture facilement toute la flotte de cette nation. Une nuit, au milieu de la nuit, le palais de Lilliput prend feu. Sans accès à l'eau courante, Gulliver éteint le feu en urinant dessus. Après cet incident, les ennemis de Gulliver à la cour en profitent pour convaincre l'empereur de punir Gulliver en le rendant aveugle. Gulliver est informé de ce stratagème par un ami et se réfugie à Blefuscu, où il trouve bientôt un bateau à taille humaine et prend le chemin du retour.

PARTIE II : UN VOYAGE À BROBDINGNAG

Lors de son deuxième voyage, Gulliver se retrouve sur l'île de Brobdingnag. Les habitants de cette île mesurent 60 pieds de haut et sont une fois de plus fascinés par la taille de Gulliver. Celui-ci est pris en charge par une jeune fille, Glumdalclitch, qui le traite avec tendresse et le protège de tous les dangers qu'il pourrait rencontrer dans ce monde gigantesque.

La reine du pays est particulièrement fascinée par Gulliver et décide de le garder comme une sorte d'animal de compagnie (bien qu'elle autorise Glumdalclitch à s'en occuper). Le roi est moins impressionné. Après avoir entendu le récit de Gulliver sur l'Angleterre, il condamne la nation, notamment pour son obsession pour la poudre à canon et la violence. Au palais, Gulliver est constamment confronté au danger de mort que représentent les animaux géants : il échappe de peu à la mort après avoir rencontré des abeilles, un chiot et un singe.

Un jour, la boîte de transport de Gulliver est ramassée par un aigle géant. L'aigle le dépose finalement sur un navire humain où les marins sont choqués d'entendre l'histoire de Gulliver. Sur ce navire, il retrouve le chemin de sa maison.

PARTIE III : UN VOYAGE À LAPUTA, BALNIBARBI, LUGGNAGG, GLUBBDUBDRIB ET AU JAPON

Lors de son troisième voyage, le navire de Gulliver est attaqué par des pirates et il échoue sur une île près de l'Inde. Il y rencontre l'île flottante de Laputa. Contrairement à Lilliput et Brobdingnag, les habitants de Laputa ne sont pas très intéressés par Gulliver. Au contraire, ils se consacrent entièrement à l'étude des mathématiques, de la musique et des sciences. Ils n'utilisent pas cet apprentissage pour des choses pratiques, mais se livrent plutôt à une série d'expériences absurdes, comme la tentative de réduire les excréments en leurs ingrédients alimentaires d'origine.

Gulliver visite Balnibarbi, le continent situé sous Laputa. Il y découvre que les habitants ont ruiné leurs fermes et vivent dans la misère parce qu'ils sont obligés d'exécuter les instructions de l'académie d'apprentissage de la ville. Il visite également Glubbdubdrib, un pays de sorciers. Ils lui font plaisir en faisant apparaître des personnages historiques célèbres des temps anciens pour que Gulliver puisse les interroger. À Luggnagg, Gulliver apprend l'existence d'une race d'immortels appelée « struldbrugs ». Au début, il est impressionné par cette race d'immortels et pense à tout ce qu'ils pourraient accomplir s'ils n'étaient pas confrontés à la perspective de la mort. Cependant, il apprend qu'ils sont en fait misérables et qu'ils souhaiteraient être mortels. Gulliver se rend ensuite au Japon et revient finalement en Angleterre.

PARTIE IV : UN VOYAGE AU PAYS DES HOUYHNHNMS

Pour le dernier voyage de Gulliver, il recrute des nouveaux hommes pour rejoindre son équipage. Cependant, ces derniers retournent le reste de l'équipage contre lui et Gulliver est laissé en rade sur une autre île. Il rencontre d'abord un groupe de créatures hideuses qu'il déteste instinctivement, puis il tombe sur les Houyhnhnms, une race qui ressemble à des chevaux mais qui est sage et vertueuse et peut parler. Ils règnent sur une espèce inférieure appelée Yahoos. Gulliver découvre bientôt que les Yahoos sont très semblables aux humains.

Gulliver s'installe chez un maître Houyhnhnm. Il s'identifie et apprend à aimer les Houyhnhnms pour leur sens supérieur de la raison et se surprend à détester les Yahoos, qui sont stupides et enclins au vice. Cependant, lors d'une assemblée, les Houyhnhnms déclarent que Gulliver n'est qu'un Yahoo avancé et qu'il représente donc une menace pour eux. Ils lui ordonnent de quitter leurs terres, lui laissant le temps de construire un canoë. Lorsque son canoë s'avère incapable de faire le voyage, Gulliver est secouru par un navire portugais, dont le capitaine est Pedro de Mendez. Bien que le capitaine le traite avec gentillesse, Gulliver le déteste et le considère comme un Yahoo inférieur. Arrivé chez lui, Gulliver est continuellement dégoûté par tous les humains. Il évite sa famille et passe son temps dans les écuries à essayer de converser avec ses chevaux.

ÉTUDE DE CARACTÈRE

LEMUEL GULLIVER

Lemuel Gulliver est originaire de Nottinghamshire et étudie pour devenir chirurgien. Il s'installe à Londres, où il se marie et devient l'apprenti de M. James Bates. Cependant, à la mort de son maître, il voit l'occasion de nourrir le désir de voyager qu'il a toujours eu. On nous dit qu'il consulte sa femme avant de partir, mais au-delà de cela, il est évident que Gulliver n'a pas de lien fort avec sa femme ou ses enfants. Après être rentré chez lui pour les voir, il cherche constamment à repartir à l'aventure.

Le personnage de Gulliver se développe en fonction de toutes les nouvelles races qu'il rencontre et des expériences qu'il vit. En fin de compte, la trajectoire de son personnage est définie par sa misanthropie en constante évolution. Chaque race qu'il rencontre semble lui révéler le pire de l'humanité (soit par la similitude de l'espèce avec les humains, soit par sa différence radicale avec eux). Lorsqu'il revient finalement de son dernier voyage, il dit :

« Ma femme et ma famille me reçurent avec beaucoup de surprise et de joie, car ils me croyaient certainement mort ; mais je dois avouer librement que leur vue ne me remplit que de haine, de dégoût et de mépris ; et d'autant plus, en réfléchissant à la proche alliance que j'avais avec eux. » (p.219)

Il la qualifie ensuite d'« animal odieux » (*ibid.*). Ainsi, plus il voyage et voit, plus il apprend à détester l'humanité. Il se déteste lui-même pour son propre lien avec l'humanité et il regrette sa décision d'avoir eu des enfants parce que cela a permis à la race humaine de se perpétuer.

GLUMDALCLITCH

Glumdalclitch est la fille du fermier qui a sauvé Gulliver à Brobdingnag. Elle est donc elle aussi une géante, mais elle a une affection particulière pour Gulliver. Elle est sa principale protectrice au pays des géants, et son nom signifie « petite nourrice » (p.70). Gulliver la décrit en disant :

> *« Ma maîtresse avait une fille de neuf ans, une enfant d'assez bonne constitution pour son âge, très adroite à l'aiguille, et habile à habiller son bébé… Cette jeune fille était si adroite, qu'après avoir une ou deux fois retiré mes vêtements devant elle, elle était capable de m'habiller et de me déshabiller, bien que je ne lui donnasse jamais cette peine quand elle me laissait faire l'un ou l'autre moi-même. » (ibid.)*

Gulliver reconnaît sa dette envers Glumdalclitch, notant qu'il aimerait pouvoir la rembourser. Cependant, à Brobdingnag, il est complètement impuissant. Si Glumdalclitch joue un rôle maternel auprès de Gulliver, elle n'est encore qu'une enfant. Elle se laisse donc souvent distraire et laisse Gulliver en danger de mort. Pourtant, au fond d'elle-même, Glumdalclitch a « un cœur naturellement tendre » (p. 88). Son lien avec Gulliver est si fort que lorsque la reine de Brobdingnag décide de garder Gulliver à la cour, elle décide de permettre à Glumdalclitch de rester et d'être la nourrice de Gulliver. Elle représente l'un des rares personnages de l'histoire qui soit foncièrement bon.

CAPITAINE PEDRO DE MENDEZ

Le Capitaine Pedro de Mendez est le capitaine du navire portugais qui a sauvé Gulliver après son exil du pays des Houyhnhnms. Gulliver déteste naturellement le capitaine car il le considère comme l'un des Yahoos, une race moins sage et moins raisonnable que les Houyhnhnms. Malgré la haine de Gulliver, le Capitaine est accueillant et généreux envers lui. Il insiste même pour que Gulliver reste chez lui à Lisbonne et lui emprunte des vêtements.

Gulliver dit au lecteur, sans ambages,

> *« Il s'appelait Pedro de Mendez ; c'était une personne très courtoise et généreuse. Il... m'assura qu'il ne voulait que me rendre tous les services dont il était capable ; et il me parla d'une manière si émouvante, qu'enfin je descendis pour le traiter comme un animal qui avait une petite portion de raison. » (p. 70)*

Le Capitaine Pedro existe pour montrer au lecteur à quel point l'opinion de Gulliver sur l'humanité a chuté. Malgré le fait que le capitaine lui sauve la vie et rende à Gulliver « tout le service dont il est capable », Gulliver est toujours quelque peu dégoûté par lui et va jusqu'à le traiter comme un « animal » avec une petite « portion de raison ».

ANALYSE

LE GENRE SATIRIQUE

La fonction première des *Voyages de Gulliver* est de faire la satire de plusieurs institutions londoniennes contemporaines (comme Swift l'avait déjà fait dans *Une histoire de baignoire*). Lorsque Gulliver visite Laputa dans la troisième partie, la description que fait Swift de leur académie et de leurs expériences scientifiques est à bien des égards une satire de la Royal Society de Londres. La Royal Society a été fondée en 1660 à Londres pour promouvoir l'apprentissage et les expériences dans les domaines des mathématiques et des sciences. Swift se moque clairement de ce groupe lorsque Gulliver décrit les Laputiens en disant :

> « *Et bien qu'ils soient assez adroits sur une feuille de papier, dans le maniement de la règle, du crayon et du diviseur, je n'ai pas vu de gens plus maladroits, plus malhabiles et plus désordonnés dans les actions et les comportements courants de la vie, ni aussi lents et perplexes dans leurs conceptions sur tous les autres sujets, sauf ceux des mathématiques et de la musique.* » (p. 122-23)

Il fait la satire de leurs expériences comme étant inutiles, notamment lorsqu'il décrit la mission d'un laputien : « une opération pour réduire l'excrément humain à sa première nourriture, en séparant les différentes parties, en enlevant la teinture qu'il reçoit du fiel, en faisant exhaler l'odeur, et en écumant la salive » (p.136). Cet humour décalé est clairement destiné à insulter les activités de la Royal Society.

La satire se présente sous d'autres formes tout au long de l'histoire. Par exemple, la visite de Gulliver à Lilliput met en évidence la corruption politique et la division partisane qui s'appliquent facilement à Londres. À Lilliput, le conflit fait rage entre deux partis qui se distinguent par la hauteur de leurs chaussures. Gulliver écrit : « Les animosités entre ces deux partis sont si fortes qu'ils ne veulent ni manger, ni boire, ni parler entre eux » (p. 34). La description que fait Swift de ce conflit peut être considérée comme symbolique du conflit politique qui oppose à Londres le parti Whig et le parti Tory. Ainsi, Swift fait la satire et minimise le conflit politique contemporain à Londres en le comparant à une dispute sur la taille des talons de ses chaussures.

RÉCITS DE VOYAGE

Au niveau le plus élémentaire, l'œuvre est une parodie des récits de voyage qui étaient courants à l'époque. Au début du XVIIIe siècle, une multitude de récits de voyage, concernant principalement les visites du voyageur en Amérique, ont vu le jour et s'appuyaient souvent sur l'exagération pour intensifier leur sens du merveilleux. Les *Voyages de Gulliver adoptent* une voix similaire à celle de ces guides, mais font la satire de leurs exagérations en décrivant des voyages si intensément ridicules.

Swift s'engage résolument à faire en sorte que les *Voyages de Gulliver* ressemblent le plus possible à ces récits de voyage contemporains. Son titre original (*Travels into Several Remote Nations of the World*) et sa publication anonyme ne donnent aucune indication sur le caractère fictif de l'œuvre. La préface de l'ouvrage poursuit cette ruse. Il s'agit d'une lettre de l'éditeur, Richard Sympson, qui proclame : «L'auteur de ces Voyages, M. Lemuel Gulliver, est mon ami ancien et intime» (p.4). Il y a également une lettre de Gulliver à son cousin Richard Sympson. De cette façon, Swift transforme Gulliver en un auteur bien réel. Le statut de Gulliver en tant que parodie des auteurs contemporains de récits de voyage est d'autant plus marqué qu'il semble si réel alors que son histoire est en même temps si ridicule.

Dans la deuxième partie, lorsque Gulliver est à nouveau secouru après son départ de Brobdingnag, il raconte au capitaine du navire une version résumée de ses aventures. Le Capitaine suggère que Gulliver écrive ses histoires et les publie pour les lecteurs curieux en Angleterre. Gulliver répond à cette demande par :

> *« Ma réponse a été la suivante : "Nous étions surchargés de livres de voyages ; rien ne pouvait passer maintenant qui ne soit pas extraordinaire ; je doutais que certains auteurs se soucient moins de la vérité que de leur propre vanité, de leur intérêt ou de la distraction de lecteurs ignorants ; mon histoire ne pouvait guère contenir que des événements ordinaires, sans ces descriptions ornementales de plantes, d'arbres, d'oiseaux et d'autres animaux étranges, ou des coutumes barbares et de l'idolâtrie des peuples sauvages, dont la plupart des auteurs abondent. [...]" » (p. 70)*

Ainsi, Gulliver laisse entendre que ses histoires de géants et de Lilliputiens ne semblent guère miraculeuses par rapport aux récits de voyage qui circulaient déjà sur le marché du livre. De cette façon, il se moque des récits de voyage contemporains.

LE SCRIBLERUS CLUB

Le Scriblerus Club était un club littéraire fondé au XVIIIe siècle par une série d'écrivains politiquement alignés sur les Tories. Parmi les membres fondateurs figuraient Jonathan Swift, Alexander Pope (poète et satiriste anglais, 1688-1744), John Gay (poète et dramaturge anglais, 1685-1732), Thomas Parnell (poète et essayiste irlandais, 1679-1718) et John Arbuthnot (1667-1735). Le club avait pour but de condamner et de satiriser les écrivains prétentieusement érudits et sans talent.

La mission du Scriblerus Club apparaît clairement dans *Les Voyages de Gulliver*, en particulier dans le livre III. Lorsque Gulliver rencontre les magiciens qui lui font apparaître des personnages historiques, il découvre que « le monde a été trompé par des écrivains prostitués » (p.150). En d'autres termes, il découvre que de nombreux écrits qui se prétendent de nobles récits historiques sont en réalité trompeurs et conçus pour glorifier leurs propres auteurs.

La condamnation par Swift des écrivains prétentieux mais sans talent peut également être perçue dans *Les voyages de Gulliver* à travers la propre perte de foi de Gulliver en l'humanité. Gulliver note :

« *Un grand nombre de nos concitoyens sont contraints de chercher leur subsistance dans la mendicité, le vol, la fraude, le proxénétisme, la flatterie, la subornation, le désaveu, la contrefaçon, le jeu, le mensonge, la flatterie, le harcèlement, le vote, le gribouillage, l'observation des étoiles, l'empoisonnement, la prostitution, la calomnie, la libre pensée et autres occupations similaires* » (p. 190).

Encore une fois, il place le « scribouillage », le « canting » et le « libelling » (tous des termes désignant une mauvaise écriture) sur un pied d'égalité avec le « robbing », le « stealing » et la « cheating ». Il condamne ainsi les écrivains qui « gribouillent » dans le seul but de gagner de l'argent et qui ne se soucient guère de l'art de leur écriture.

Ainsi, l'influence du Scriblerus Club est visible tout au long des *Voyages de Gulliver*. Si l'œuvre condamne plusieurs aspects de l'humanité et les vices inhérents à l'homme, un thème central de l'œuvre de Swift est le mal particulier des mauvais écrivains, ou « pirates ».

POURSUITE DE LA RÉFLEXION

QUELQUES QUESTIONS À MÉDITER...

- Comment le personnage de Gulliver se développe-t-il au cours de ses voyages ?
- Quel rôle, le cas échéant, la femme et les enfants de Gulliver jouent-ils dans cette évolution ?
- Gulliver est-il un personnage sympathique ? Explique ta réponse.
- Quelles sont les principales différences entre l'expérience de Gulliver à Lilliput (où il est un géant) et son expérience à Brobdingnag (où il est minuscule) ?
- Dans quelle mesure sommes-nous censés lire tous les détails des descriptions de Gulliver de manière allégorique ?
- Y a-t-il des moments dans l'œuvre qui semblent moins satiriques et plus authentiques ? Expliquez votre réponse.
- Swift avance-t-il l'idée que les humains sont intrinsèquement méchants ou Gulliver est-il simplement trop cynique ? Expliquez votre réponse.
- Pourquoi pensez-vous que cette histoire a un tel attrait universel ?
- Pourquoi pensez-vous que la plupart des adaptations cinématographiques de l'œuvre évitent les parties III et IV ?

AUTRES LECTURES

EDITION DE RÉFÉRENCE

- Swift, J. (1992) *Les Voyages de Gulliver.* Ware, Hertfordshire : Wordsworth Editions Limited.

ÉTUDES DE RÉFÉRENCE

- Bauer, P. et Cregan-Reid, V. (2018) Les Voyages de Gulliver. *Encyclopædia Britannica.* [En ligne]. [Consulté le 2 mars 2019]. Disponible à l'adresse suivante : <https://www.britannica.com/topic/Gullivers-Travels>
- Hunter, M. (2017) Royal Society. *Encyclopædia Britannica.* [En ligne]. [Consulté le 2 mars 2019]. Disponible sur : <https://www.britannica.com/topic/Royal-Society>
- Quintana, R. (2019) Jonathan Swift. *Encyclopædia Britannica.* [En ligne]. [Consulté le 2 mars 2019]. Disponible sur : <https://www.britannica.com/biography/Jonathan-Swift>
- Les éditeurs de l'Encyclopædia Britannica (2017) Scriblerus Club. *Encyclopædia Britannica.* [En ligne]. [Consulté le 2 mars 2019]. Disponible sur : <https://www.britannica.com/topic/Scriblerus-Club>

SOURCES SUPPLÉMENTAIRES

- Bullard, P. et McLaverty, J. eds. (2013) *Jonathan Swift and the Eighteenth-Century Book.* Cambridge : Cambridge University Press.

- Damrosch, L. (2013) *Jonathan Swift : Sa vie et son monde.* New Haven : Yale University Press.
- Hammond, E. (2016) *Jonathan Swift : Irish Blow-In.* Newark : University of Delaware Press.
- Karian, S. E. (2010) *Jonathan Swift in Print and Manuscript.* Cambridge : Cambridge University Press.
- Oakleaf, D. (2008) *A Political Biography of Jonathan Swift.* Londres : Brookfield.
- Stathis, J. (1967) *A Bibliography of Swift Studies, 1945-1965.* Nashville : Vanderbilt University Press.
- Stubbs, J. (2016) *Jonathan Swift : The Reluctant Rebel.* Londres : Viking Press.

ADAPTATIONS

- *Les Voyages de Gulliver chez les Lilliputiens et les Géants.* (1902) [Film]. Georges Méliès. Réalisateur. France : Star Film Company.
- *Gulliver Mickey.* (1934) [Court métrage]. Burt Gillett. Réalisateur. États-Unis : Walt Disney Productions.
- *Le Nouveau Gulliver.* (1935) [Film]. Aleksandr Ptushko. Dir. URSS : Mosfilm.
- *Les Voyages de Gulliver.* (1939) [Film]. Dave Fleischer. Réalisateur. États-Unis : Paramount Pictures.
- *Les 3 mondes de Gulliver.* (1960) [Film]. Jack Sher. Réalisateur. États-Unis : Columbia Pictures.
- *Les Aventures de Gulliver.* (1968-69) [Mini-série]. Joseph Barbera et William Hanna. Dir. USA : Warner Bros. Television Distribution.
- *Le cas d'un pendu débutant.* (1970) [Film]. Pavel Juráček. Réalisateur. Tchécoslovaquie : Filmové studio Barrandov.

- *Gulliver a törpék országában.* (1974) [Film]. András Rajnai. Réalisateur. Hongrie : MTV.
- *Les Voyages de Gulliver.* (1977) [Film]. Peter R. Hunt. Réalisateur. Royaume-Uni : Belvision.
- *Les Voyages de Gulliver.* (1979) [Film]. Chris Cuddington. Réalisateur. Australie : Hanna-Barbera Australie.
- *Gulliver et ses országában.* (1980) [Film]. András Rajnai. Réalisateur. Hongrie : MTV.
- *Gulliver à Lilliput.* (1981) [Mini-série]. Barry Letts. Dir. Royaume-Uni : BBC Classics Television.
- *Les Voyages de Gulliver de Saban.* (1992-93) [Mini-série]. Bruni Bianchi. Réalisateur. France : Saban Entertainment.
- *Les Voyages de Gulliver.* (1996) [Mini-série]. Charles Sturridge. Réalisateur. Royaume-Uni : Jim Henson Productions.
- *Les Aventures de Crayola Kids : Les Contes des Voyages de Gulliver.* (1997) [Film]. Fritz Kiersch. Réalisateur. États-Unis : Hallmark Entertainment.
- *Jajantaram Mamantaran.* (2003) [Film]. Soumitra Ranade. Inde : iDream Productions.
- *Les Voyages de Gulliver.* (2010) [Film]. Rob Letterman. Réalisateur. États-Unis : 20th Century Fox.

Votre avis nous intéresse !
Laissez un commentaire sur le site de votre librairie en ligne
et partagez vos coups de cœur sur les réseaux sociaux !

lePetitLittéraire.fr

- des analyses de livres
- des fiches de lectures
- des commentaires littéraires
- des questionnaires de lecture
- des résumés

**Retrouvez
notre offre complète sur
lePetitLittéraire.fr**

L'éditeur veille à la fiabilité des informations publiées,
lesquelles ne pourraient toutefois engager sa responsabilité.

© LePetitLittéraire.fr, 2023. Tous droits réservés

www.lepetitlitteraire.fr

ISBN version numérique : 9782808684248
ISBN version papier : 9782808685047
Dépôt légal : D/2023/12603/1004

Conception numérique : Primento,
le partenaire numérique des éditeurs.